©2006 Édition Hemma pour la présente édition en langue française
Dépôt légal : 03.06/0058/061
ISBN : 2-8006-9331-2
Édition 10.2006
N° d'impression : 6831.0506
Imprimé en Belgique

HAPPY FEET

Aventure sur la Banquise

Adaptation française de
Anne Junker-Manago

Sur le continent le plus inhospitalier de la Terre
— l'Antarctique —, d'étranges mélodies s'élèvent dans
l'atmosphère glacée. C'est la saison des amours
chez les manchots empereurs. Afin d'attirer une
partenaire, le mâle entonne son « Chant d'Amour ».
Lorsqu'une femelle répond, le couple entame de
gracieux mouvements ; c'est la « parade nuptiale ».

Le silence s'est fait autour de deux voix merveilleuses, celle de la très belle Norma et d'un mâle grand et fort, qui répond au nom de Memphis. Leurs deux chants s'unissent et bientôt leur amour se transforme en un bel œuf blanc.

L'hiver survient et Norma doit s'en aller au loin avec les autres femelles, afin de pêcher crustacés et poissons dans l'océan, laissant à Memphis le soin de veiller sur le précieux œuf.

Pendant ce temps, les milliers de mâles se blottissent les uns contre les autres, formant un groupe compact, afin de se protéger des morsures du froid polaire. Heureusement, ce ne sont pas toujours les mêmes qui sont le plus exposés au froid et au vent, car les manchots au bord du groupe sont régulièrement relayés par ceux du centre.

Noah l'Ancien entonne le chant rituel, priant le Grand Guin de les préserver.

— Resserrez-vous !

— Gardez les œufs au chaud !

— Changez de place !

Hélas, le pauvre Memphis est si perturbé par le départ de sa compagne, qu'il commet une terrible maladresse. Il laisse échapper l'œuf un instant, mettant en péril la survie du petit. C'est aussi un mauvais présage pour toute la colonie.

Le soleil réapparaît enfin sur la banquise et les œufs éclosent les uns après les autres. Memphis attend, rongé par l'inquiétude. Enfin, le petit poussin se décide à sortir de sa coquille. C'est Mumble, le dernier-né de la colonie. Comble de malchance, le poussin a d'étranges pattes en forme de claquettes. Personne n'en a jamais vu de pareilles.

Le printemps coïncide avec le retour des femelles. Memphis est fou de joie de revoir sa compagne, Norma, mais il est inquiet pour leur petit qui ne peut s'empêcher de danser des claquettes sur le sol glacé.

— Si j'étais toi, j'éviterais de sautiller ainsi, lui conseille son père avec patience. Un manchot empereur ne se comporte pas comme cela.

Mais Norma est si heureuse de découvrir enfin son petit qu'elle s'écrie :

— Oh, Memphis, laisse-le. Il est tellement adorable.

Bientôt les poussins se retrouvent à l'école des Empereurs, où leur maîtresse, miss Viola, leur enseigne une leçon très importante.

— Savez-vous ce qu'est le « Chant d'Amour » ?

— C'est la voix qui vient du cœur, répond Gloria, l'élève la plus brillante de la classe. Elle a des particularités propres à chaque manchot et permet de l'identifier sans erreur.

Miss Viola demande alors à chacun des jeunes manchots de chanter son Chant d'Amour. Lorsqu'arrive le tour de Mumble, c'est la catastrophe. Il ne parvient pas à émettre la moindre note. Au lieu d'une mélodie, c'est une sorte de battement saccadé qui sort de sa poitrine. Tous ses camarades éclatent de rire.

Les semaines s'écoulent dans la colonie. L'année scolaire se termine pour les jeunes manchots qui ont depuis longtemps perdu leur duvet de poussin. Tous… sauf Mumble. Contrairement aux autres, il ressemble toujours à une peluche.

Lors de la fête de fin d'année, au cours de laquelle Gloria a été choisie pour chanter, Mumble va, une fois de plus, se distinguer. La voix de Gloria est si belle qu'il tombe sous le charme et ne peut s'empêcher de mêler son rythme saccadé au chant mélodieux de Gloria, provoquant le mécontentement de toute l'assistance.

— Baisse le son !

— Tu es malade, ou quoi ?

Désespéré, Mumble quitte la fête et se met à marcher droit devant lui, sans s'arrêter, jusqu'à ce

qu'il s'écroule, exténué sur un îlot de glace où il sombre dans un lourd sommeil sans s'apercevoir qu'il part à la dérive.

Le lendemain matin, Mumble est réveillé par une brusque secousse. Son pays est loin. Devant lui se dresse une côte de crêtes rocheuses, patrie des manchots Adélie, plus petits que les Empereurs.

Une seconde secousse, plus brutale encore, fait basculer le petit îlot de glace et précipite Mumble dans l'eau glacée. C'est un monstrueux léopard de mer qui l'a poussé à l'eau et le poursuit à présent pour n'en faire qu'une bouchée.

Terrifié, Mumble se met à nager de toutes ses forces pour échapper aux crocs du monstre affamé. Grâce à un bond extraordinaire, il parvient à sortir de l'eau et atterrit sain et sauf sur la banquise.

— Waouh ! Quelle classe !

— Tu t'en es sorti comme un chef !

Debout sur les rochers, cinq manchots Adélie, très impressionnés par l'accostage acrobatique de Mumble, ovationnent le nouveau venu. Ravi, Mumble ne peut s'empêcher d'exécuter quelques pas de danse dont il a le secret, déchaînant ainsi de nouveaux cris d'enthousiasme.

— Magnifique ! Quel talent ! Tu es drôlement adroit pour un manchot !

Ramon, le chef des inséparables Amigos, invite Mumble à les accompagner dans sa colonie. Le jeune manchot empereur découvre avec enchantement que la vie dans le Pays des Adélie n'est qu'une fête perpétuelle. Il s'amuse comme un fou avec ses nouveaux amis. Tous les habitants de la colonie l'aiment précisément parce qu'il est différent et lui envient même ses dons de danseur.

Un jour que Mumble et les Amigos s'amusent à se laisser glisser sur les pentes d'un glacier, ils se retrouvent au bord d'un précipice. Impossible de s'arrêter ! Ils s'en tirent par un plongeon vertigineux dans la mer. En remontant à la surface, ils aperçoivent un énorme engin de couleur rouge qui dévale la pente et tombe avec fracas dans la mer.

Les manchots ne se doutent pas qu'il s'agit d'un bulldozer, mais Mumble se rappelle sa rencontre avec le skua :

— Un jour j'ai failli être dévoré par un horrible oiseau ; il prétendait avoir été enlevé par des extraterrestres, dit Mumble après cette excursion. Peut-être que le monstre qui est tombé dans la mer a quelque chose à voir avec ces extraterrestres.

— Le seul moyen de le savoir est de poser la question à Lovelace ! suggère Ramon.

— Lovelace ? Qui est-ce ? demande Mumble.

C'est notre gourou. Il vit à quelques kilomètres d'ici, explique Ramon. Il porte une série d'anneaux étranges autour du cou. Ses pouvoirs lui viennent des « Esprits Mystiques » qui lui ont aussi donné les anneaux. Si tu as besoin d'une information ou d'un conseil, tu as intérêt à lui apporter une belle pierre.

Mumble décide d'aller voir Lovelace. Obligé de faire la queue pendant des heures, il distingue au loin un gigantesque tas de cailloux. Enfin, il se retrouve devant le vieux gourou.

— Avez-vous été capturé par des extraterrestres ? demande Mumble avec aplomb.

— En voilà une question ! s'écrie Lovelace, furieux. Le gourou se lève, peu disposé à répondre.

Très déçu, Mumble retourne auprès des Amigos qui se mettent à l'interroger sur les coutumes des manchots empereurs.

— Y a-t-il des cailloux dans ton pays ? demande Ramon. Chez nous, le mâle attire une partenaire en empilant le plus de cailloux possible.

— Non, chez nous, il n'y a pas de cailloux, répond Mumble. On attire une partenaire avec un « Chant d'Amour ». Moi, j'aimerais conquérir Gloria. C'est la plus belle de toutes, mais je n'ai aucune chance parce que je suis incapable de chanter.

— Ne t'en fais pas, le console alors Ramon d'un air pensif. Cela peut sans doute s'arranger.

Et la joyeuse bande décide de partir pour le pays de Mumble.

Ils arrivent chez les manchots empereurs en pleine saison des amours. Le pays retentit de milliers de chants différents. Mais aucune voix n'égale celle de la belle Gloria.

Une nuée d'admirateurs l'entourent dans l'espoir de conquérir son cœur.

Pourtant, une voix inhabituelle attire soudain l'attention. Tous les regards se tournent vers Mumble qui chante comme jamais il ne l'a fait auparavant.

Comment est-ce possible ? Subjuguée, Gloria s'approche de Mumble.

Hélas, elle ne tarde pas à découvrir la vérité : ce n'est pas Mumble qui chante, mais un drôle de petit manchot dissimulé derrière lui.

Le petit manchot n'est autre que Ramon. Pensant aider son ami, il a chanté à sa place.

– Mumble… Comment as-tu pu faire ça ? se lamente Gloria.

Mumble n'a qu'une idée en tête, se racheter aux yeux de sa bien-aimée.

– Je t'en prie, Gloria, écoute-moi battre la mesure et ne t'arrête pas de chanter, implore-t-il tout en exécutant une danse endiablée.

Entraînée par la cadence, Gloria se remet à chanter malgré elle, d'abord en hésitant, puis peu à peu elle donne plus de voix. Elle finit par se laisser complètement emporter par les mouvements de Mumble et chante de tout son cœur.

À présent, la voix de Gloria et les mouvements de Mumble ne font plus qu'un et se transforment en une magnifique parade nuptiale.

Puis, les uns après les autres, les jeunes manchots se retrouvent entraînés dans la danse ; tous chantent et se trémoussent au rythme effréné de Mumble. C'est une première sur la banquise. Et le chef d'orchestre de ce prodigieux opéra n'est autre que Mumble, autrefois rejeté par les siens.

« CESSEZ CETTE MASCARADE IMMÉDIATEMENT ! »

De sa voix impérieuse, Noah l'Ancien vient de rompre le charme ; tous les manchots s'arrêtent net.

— Comment osez-vous danser alors que la famine menace la colonie ? gronde Noah.

Depuis quelque temps, le poisson se fait rare dans le pays. Les Anciens sont persuadés que le responsable de ce malheur n'est autre que Mumble. Son comportement inconvenant pour un manchot empereur a offensé le Grand Guin et provoqué la pénurie de poissons.

Memphis confesse son terrible secret : avant la naissance de Mumble, il a laissé l'œuf échapper un instant à sa vigilance. Hélas, cet aveu ne fait que renforcer les soupçons des Anciens.

— Mumble, je t'ordonne de quitter la colonie sur le champ, tonne Noah.

Cette fois, Mumble se retrouve définitivement chassé de chez lui. Pourtant, il ne s'avoue pas vaincu.

— La seule manière de prouver mon innocence est de découvrir ce qui a réellement provoqué la disparition des poissons, dit-il à ses amis Adélie. Nous devons en apprendre plus sur les extraterrestres.

Toute la bande décide de retourner interroger Lovelace et de lui extorquer la vérité à tout prix.

De retour au Pays des Adélie, ils retrouvent un Lovelace très mal en point. Son cou a grossi et les anneaux qu'il porte autour du cou sont à présent trop serrés. Incapable de parler, il explique avec des gestes qu'il a trouvé ces anneaux par hasard alors qu'il nageait très loin aux confins de la Côte interdite.

Mumble et les Amigos décident de partir sur le champ sur la Côte interdite avec Lovelace. C'est le seul moyen de sauver le vieux gourou et c'est sans doute là qu'ils découvriront pourquoi le poisson est devenu si rare.

Sur le chemin, un énorme éléphant de mer les met en garde contre les monstres terrifiants qui habitent la région de la Côte interdite.

— Ils anéantissent toute créature vivante sur leur passage, explique le gigantesque animal.

Mais Mumble et ses amis sont prêts à affronter tous les dangers et décident de poursuivre leur route à travers la zone désertique du Grand Glacier. Ils doivent encore traverser le Pays du Blizzard.

Après une nuit de marche harassante à lutter contre le vent, ils se retrouvent au petit matin dans un endroit sinistre, jonché de vieux clous rouillés, de débris de plastique et d'engins à l'aspect terrifiant ; nos amis ne savent pas qu'il s'agit d'une station baleinière abandonnée.

— La Côte interdite ! s'écrie alors Mumble.

Le malheureux Lovelace respire avec peine. Avant de s'écrouler sur la glace, il a juste le temps de pointer le bout de son aile vers un tas de débris flottant à la surface de l'eau. Nos amis reconnaissent plusieurs anneaux semblables à ceux du gourou.

— Tiens bon, Lovelace ! dit Mumble. Les extraterrestres ne peuvent être bien loin.

Soudain, deux orques gigantesques surgissent de la mer, brisant la couche de glace sur laquelle se tiennent les manchots.

Mumble et Lovelace se retrouvent accrochés à la gueule de l'un des orques. Puis, soudain, ils volent dans les airs en direction de l'autre cétacé. Pendant un moment, les deux orques jouent ainsi à la balle avec leurs proies. Grâce à ces secousses, Lovelace se retrouve libéré des anneaux qui l'étouffaient. Soulagé d'avoir enfin retrouvé sa voix, il ne se prive pas d'insulter les orques :

— Espèces de gros tas de lard ambulants ! Retournez d'où vous venez.

À la stupéfaction des manchots, les deux féroces cétacés lâchent prise, font demi-tour et repartent vers le large.

Mais la vraie raison de leur mise en fuite ne tarde pas à apparaître : émergeant du brouillard, une monstrueuse créature noire se faufile entre les icebergs ; la glace vole en éclats sur son passage.

– Ce sont sûrement les extraterrestres ! s'écrie Mumble.

Les manchots décident de grimper au sommet d'un iceberg pour tenter d'apercevoir encore le vaisseau. Et de là-haut ils voient en effet le monstre noir en train de rejoindre d'autres navires à l'horizon.

Après un bref mot d'adieu, Mumble plonge du haut de l'iceberg directement dans la mer sous les yeux médusés de ses camarades et nage en direction des vaisseaux noirs.

Parvenu en vue des navires, Mumble contemple, stupéfait, d'immenses filets remplis de poissons et ramenés à bord par d'étranges créatures. Pas étonnant qu'il ne reste presque plus de poissons pour nous, se dit-il. Sans se démonter, Mumble interpelle les extraterrestres :

— Hey, arrêtez ! Ce poisson n'est pas à vous !

Mais les pêcheurs ne font pas attention à lui.

Un peu plus tard, les vaisseaux noirs repartent vers le large. Mumble décide de les suivre.

Pendant des journées entières, il nage jusqu'à ce que, épuisé, il perde connaissance.

Lorsqu'il émerge de son long sommeil, il se croit un instant au paradis des manchots. En réalité, il se trouve dans un zoo. Après avoir échoué à demi mort sur une plage polluée, il a été recueilli par des vétérinaires qui l'ont lavé, soigné puis confié à ce zoo équipé pour des manchots.

Chaque jour, Mumble voit défiler des groupes d'extraterrestres qui le regardent fixement.

Et chaque jour, Mumble leur pose la même question :

— Pourquoi nous prenez-vous notre poisson ? Nous ne pouvons survivre sans nourriture.

Hélas, les extraterrestres ne comprennent pas son message. Mumble finit par perdre espoir et se laisse glisser dans un état de torpeur tout comme ses compagnons de captivité.

Un beau jour, une petite extraterrestre femelle se met à taper sur l'immense vitre qui la sépare des manchots. Le martèlement bien rythmé sort Mumble de sa torpeur. Il se lève et, instinctivement, se met à claquer des pattes au rythme des battements de la fillette. En un instant, une foule de curieux se presse derrière la vitre.

Mumble est heureux ; il a découvert un moyen de communiquer avec les extraterrestres : la danse !

L'incident du zoo connaît un retentissement extraordinaire chez les extraterrestres : les scientifiques ne savent que penser du comportement surprenant de Mumble. Une équipe de spécialistes décide finalement d'équiper le jeune manchot d'un émetteur sophistiqué et de le ramener en Antarctique afin de suivre sa trace et de localiser l'endroit d'où il vient.

À son retour dans la colonie, Mumble découvre avec soulagement que Gloria est toujours célibataire. Mais si Gloria l'accueille à bras ouverts, tous les membres de la colonie ne sont pas aussi enthousiastes.

— AINSI, TU AS EU L'AUDACE DE REMETTRE LES PATTES ICI ! tonne Noah l'Ancien.

Mumble ne se démonte pas pour si peu et annonce à tous sa grande découverte : les seuls

responsables de la pénurie de poissons sont les extraterrestres.

Tout d'abord, les Anciens, ne sont pas convaincus par ses explications.

Mais lorsque l'émetteur de Mumble se met à sonner et à clignoter, plus personne ne peut douter de l'existence des extraterrestres.

Alors, Mumble entraîne une grande partie de la colonie dans un ballet extraordinaire comme avant son départ de la colonie.

Au milieu de tous ces danseurs, Mumble aperçoit sa mère, Norma, qui se jette dans ses bras. Même Memphis reconnaît enfin le talent extraordinaire de son fils et se laisse entraîner dans la danse. Mumble retrouve aussi Ramon et sa bande venus au Pays des Empereurs dans l'espoir d'y retrouver leur ami disparu.

Un peu plus tard, un hélicoptère atterrit et un groupe d'extraterrestres en descend. Pendant un moment, manchots et humains restent immobiles, en attente, puis, sur les conseils de son père, Mumble se remet à battre la mesure et tous les manchots reprennent la danse. Les extraterrestres, enthousiasmés, répondent en frappant des mains et en martelant le sol glacé avec leurs grosses chaussures.

— Ça marche ! crie Mumble. Ils communiquent avec nous. Continuez à danser.

Suite à leur incroyable découverte dans l'Antarctique, les scientifiques persuadent les autorités humaines d'interdire la pêche en Antarctique afin de protéger les créatures extraordinaires qui habitent cette région.

Ainsi, grâce à un jeune manchot et à son incroyable don de danseur, et grâce au long périple qu'il a entrepris au péril de sa vie, les manchots empereurs ont pu de nouveau pêcher la nourriture indispensable à leur survie : une bonne raison pour continuer la fête sur la banquise.